JULES DAVEIGNO

Le livre du Coeur

POÉSIES

PARIS

LUCIEN DUC, ÉDITEUR

DE L'ACADÉMIE DES LETTRES, SCIENCES ET BEAUX-ARTS

DE LA PROVINCE

1891

LE LIVRE DU CŒUR

JULES DAVEIGNO

Le livre du Cœur

POÉSIES

PARIS

LUCIEN DUC, ÉDITEUR

DE L'ACADÉMIE DES LETTRES, SCIENCES ET BEAUX-ARTS

DE LA PROVINCE

—

1891

SONNETS-MÉDAILLONS

JULES DAVEIGNO

I

Je n'ai vu qu'une fois cet ami de Marseille,
Et cela m'a suffi pour le trouver charmant.
Nous déjeunions ensemble ; or, la table est l'aimant
Qui tire l'amitié du fond d'une bouteille.

Grand, gros, le regard franc, l'esprit toujours en veille,
Il me plut aux hors-d'œuvre ; il était doux, gaîment,
J'avais, dès le rôti, changé de sentiment,
Et j'aimais, au dessert, l'inconnu de la veille.

Chantre de l'idéal, poète du foyer,
Sa muse a le talent de ne pas ennuyer,
Et la tâche est ingrate en ce siècle de prose !

Quand il rime, sa plume obéit à son cœur,
Et s'il ne forge pas des vers d'apothéose,
C'est que, des bruits d'airain, sa modestie a peur.

Georges BOURET.

II

Poète tour à tour gracieux ou lyrique,
Nul ne sait comme lui couvrir l'amour de fleurs,
Passer du grave au doux, du tendre au satirique,
Ou, sur la tombe ouverte, égrener quelques pleurs.

Il sème, en se jouant, les fleurs de rhétorique :
Son vers souple et sonore a de vives couleurs,
Et souvent sa pensée, en son vol homérique,
S'élève jusqu'au ciel, terme de nos douleurs.

Plein d'affabilité, ce fils de la Provence
Adore le foyer, la famille et l'enfance
Et quiconque l'a vu ne saurait que l'aimer !

En prose comme en vers, il pétrit l'ambroisie :
En lui, tout est douceur, franchise et poésie :
Il commence par plaire et finit par charmer!

LUCIEN DUC.

PRÉFACE

~~~~~~~~~

Après avoir fourni sa course accoutumée,
A l'heure où le soleil descend, le voyageur
S'arrête et vient s'asseoir près de la source aimée
Qui bondit, folle, ainsi qu'un oiseau tapageur.

Dans le flot ondoyant dont la blancheur l'attire,
Il plonge ses deux mains, les laisse dériver,
Les réunit en coupe et soudain les retire
Pleines du pur cristal dont il veut s'abreuver.

Cette eau vive est si fraîche et si douce à la lèvre
Qu'il y puise à nouveau bien des fois, et qu'il sent
Le bien-être chasser la fatigue et la fièvre
Et répandre en son cœur un baume tout-puissant.

Ainsi, je viens m'asseoir, avant que la nuit tombe,
Auprès d'une autre source où seul j'aime à venir,
Source pure où fleurit, comme sur une tombe,
    La pâle fleur du souvenir.

Dans le lointain des ans s'égare ma pensée.
Ici, c'est le devoir ; là-bas, c'est le plaisir ;
Et, plus loin, n'est-ce pas l'hirondelle blessée
    Que le chasseur vient de saisir ?

J'ai rejoint dans leur vol ces visions légères,
Bizarres feux-follets que le vent fait courir,
Serments fous échangés, promesses mensongères
    Dont on rit et qui font mourir.

VOIX INTIMES

AU LECTEUR

Le cœur est un coffret précieux et fragile
Qui contient nos secrets, nos douleurs, notre foi.
Amour, le dieu mignon, l'a plié sous sa loi,
Et c'est lui maintenant qui dicte l'évangile.

J'ai palpé, pressuré ce cœur, ce cœur d'argile,
Ce cœur faible, ce cœur hautain qui bat en moi,
Et, dans mon être altier, ce n'est pas sans émoi
Que je le sens bondir aussi souple qu'agile.

Ce qui s'est échappé de ce cœur imparfait :
Doutes, pleurs, songes creux, visions, j'en ai fait
Les poèmes épars que contient ce volume.

Si la page parfois prend un vif coloris,
Ami qui me lisez, n'en soyez pas surpris,
Puisque c'est dans le sang que j'ai trempé ma plume.

LA CRÉATION

Quand le Dieu tout-puissant, d'un mot, créa le monde,
Pour l'homme il fit le ciel, l'espace et le soleil :
Pour les étoiles d'or, il fit la nuit profonde,
Et pour l'oiseau léger, le fruit mûr et vermeil.

A l'iris, il donna la beauté pour parure ;
A l'humble violette, il donna le parfum ;
A l'onde qui serpente, il donna le murmure,
Et le bonheur constant fut la part de chacun.

Le papillon des champs eut la fleur pour épouse ;
L'aigle eut pour horizon l'immense firmament ;
Et, du lis embaumé, la rose étant jalouse
Eut pour berceau la brise, et l'amour pour amant.

Puis, voulant un témoin pour cette œuvre immortelle,
Le Dieu de l'Univers prit un peu de limon,
Créa l'homme, et pour lui fit la femme, si belle
Qu'on l'adore à genoux : ange, femme ou démon !

RÉVÉLATION

Et dès que je la vis traverser le chemin,
L'air ardent suffoqua ma gorge haletante.
                        FRANCIS MELVIL.

J'ai senti de mon cœur jaillir une étincelle,
Flèche d'or qui s'enfuit vers l'humaine clarté,
Dard de flamme échappé d'un brasier indompté
Qui consume les jours que la vie amoncèle.

J'ai fléchi comme un homme éperdu qui chancèle
Et qui tombe écrasé par la fatalité,
Et j'ai compris soudain la suprême beauté
Que le front virginal de la femme recèle.

Le trouble et le frisson ont envahi mes sens.
Les doutes insondés dans mes yeux languissants
Et dans mon sang paisible ont mis d'ardentes fièvres.

Mais tout s'est apaisé quand, beau comme le jour,
Un enfant blond et pur m'a touché de ses lèvres
Et, se penchant vers moi, m'a dit : « Je suis l'Amour. »

L'AIMÉE

Elle passe à l'heure où le jour s'éveille,
Où le clair soleil qui brille au printemps
Sème dans les prés ses tons éclatants
Et verse aux flots bleus sa lueur vermeille.

Elle passe ainsi qu'une blonde abeille,
Frêle, l'air gentil, les cheveux flottants,
Toute rose, et mise avec ses vingt ans
Comme une marquise au temps de Corneille.

I.

Quand elle est passée, on la suit des yeux ;
On ne sait vraiment qu'admirer le mieux :
Ou sa taille fine ou sa tête blonde.

Pour moi qui l'adore et ne le dis pas,
J'irais volontiers jusqu'au bout du monde
Pour suivre au hasard le bruit de ses pas.

PRIÈRE AU PRINTEMPS

O Printemps, alors que tout aime,
Que s'embellit la tombe même
Verte au dehors,
Fais naître un renouveau suprême
Au cœur des morts.
SULLY-PRUDHOMME.

Quand tu viendras fleurir le monde,
Printemps ! lorsque ta tête blonde
Emergera du sein des cieux,
Mets des diamants sur les herbes,
Des coquelicots dans les gerbes,
Et le bonheur dans tous les yeux.

Mets de l'ombre sous les charmilles
Et, dans le cœur des jeunes filles,
Fais germer l'amour chaste et pur !
Et donne un éclat plus vivace
Au soleil, géant de l'espace,
Aux étoiles, fleurs de l'azur.

Au lilas, donne des fleurs blanches ;
Mets des nids dans toutes les branches
Et des baisers dans tous les nids ;
Saison sainte ! à celle que j'aime,
Avec tes fleurs pour diadème,
Donne à jamais tes jours bénis !

CHATAINE

Des rayons du matin l'horizon se colore,
Le jour vient éclairer notre tendre entretien,
Mais est-il un sourire aux lèvres de l'aurore
Aussi doux que le tien ?
Chateaubriand.

Elle a des yeux profonds et noirs
Quoique n'étant blonde ni brune ;
Au clair de lune
Nous allons rêver tous les soirs.

Sa main fine a des ongles roses
Et des doigts longs et délicats ;
Comment ne pas
Aimer de si charmantes choses ?

Le teint est pur, le nez mignon,
La lèvre, rieuse et sensible ;
Le cou flexible
Paraît plus blanc sous le chignon.

Elle a grand front, pâle visage,
Petite bouche, air triomphant,
    Et pieds d'enfant
Que dans mes mains je mets en cage.

Sa taille a de charmants contours.
Quand mon bras froisse son corsage :
    — Soyez donc sage,
Me dit-elle, en riant toujours.

Sous le rire, on voit ses dents blanches
Comme des perles d'Orient ;
    Tout en riant,
Nous nous égarons sous les branches.

Et les oiseaux effarouchés
Se sauvent dans les herbes folles,
    Et les grands saules
Ont des airs prudes et penchés.

— Mais le soir s'avance et s'achève...
Et lorsque, nous donnant le bras,
    Nous rentrons las,
Je me demande si je rêve.

APRÈS LE BAL

La chaste épousée a de grands yeux bleus
Fiers et doux, chargés de grâce féline ;
Sous le fin corsage orné de maline
S'accusent les seins souples et frileux.

L'épaisse toison de ses lourds cheveux
Blonds et déliés, jusqu'au sol s'incline ;
Sous le nez mignon, la lèvre câline
Est prête à conter les tendres aveux.

Pieds et gorge nus, toute frémissante,
Et du mal d'amour encore innocente,
Le torse pétri de chaste beauté,

Elle se blottit parmi la dentelle
Et, dans le grand lit d'ébène sculpté,
Elle attend le loup à la dent cruelle.

LE SOMMEIL

J'ai de l'amour, de l'amour plein mon âme,
Moissonnez-en le meilleur, jeune femme.
ALBERT GLATIGNY.

Elle dort... La chambre gentille
Est silencieuse à minuit.
On n'entend que le faible bruit
De l'âtre qui flambe et pétille.

Sous le rêve qui la séduit,
Elle se tourne et s'entortille
Dans le drap blanc ; mais la cheville
S'agite, s'élance et s'enfuit.

Par un doux baiser, je l'éveille
Bien gentiment, et c'est merveille
De la voir sourire à demi,

Et d'entendre dans un murmure
S'échapper de sa voix si pure,
Ces trois mots : Bonsoir, mon ami.

INVITATION

Si vous saviez combien on s'aime
A notre âge quand on est deux :
Si vous saviez ce que l'on sème
Partout de soupirs et d'aveux.

VICTOR BILLAUD.

Viens t'en, Margot, la nuit est belle
Et la lune épand sa clarté ;
Prends ma main, si tu m'es fidèle,
Et viens sous ce beau ciel d'été.

Tout au fond du bois enchanté
Se trouve la fleur immortelle
Que l'Amour offre à ta beauté.
Viens t'en, Margot, la nuit est belle.

Viens t'en, c'est la saison nouvelle
Dans sa splendide nudité ;
La voûte des cieux étincelle
Et la lune épand sa clarté.

Des rossignols en liberté
Entends donc la douce querelle.
Viens ! pour marcher à mon côté,
Prends ma main, si tu m'es fidèle.

Mais quel feu noir sous ta prunelle
Emplit mon cœur de volupté !
Oh ! comme un ange, ouvre ton aile
Et viens sous ce beau ciel d'été.

ENVOI

L'aurore, en festons de dentelle,
A surgi de l'immensité ;
Docile à ma voix qui t'appelle,
— Puisque le sort en est jeté —
Viens t'en, Margot.

INTÉRIEUR

Le boudoir est tendu de satin d'un bleu tendre,
Quelques sièges y sont disposés avec art
Près d'un étroit divan où l'on ne peut s'étendre
Et qui fait face à deux grands rideaux de brocart.

Des vitraux de couleur sont appliqués aux vitres,
Afin que les rayons du jour entrent moins crus ;
Dans un coin, des albums, des livres aux grands titres,
Puis, au mur, deux Watteau gentils, aux tons écrus.

Des fleurs, des bibelots, la pendule en vieux Sèvres
Où deux amours joufflus, robustes, bien en chair,
Se donnent un sourire avant d'unir leurs lèvres,
Garnissent un dressoir en marbre blanc et clair.

Une baigneuse en bronze est sur la cheminée ;
Puis, quelques riens, émaux aux puissantes couleurs,
Baguiers, boîte à bijoux toute capitonnée,
Et deux grands vases bruns en barbotine à fleurs.

C'est là le temple auguste où la femme aime à vivre.
Il y règne parfois, dans la chaude saison,
Un parfum d'Orient si pur qu'il nous enivre,
Si troublant, qu'avec lui se perd notre raison.

DÉCEMBRE

Quand les rosiers n'ont plus de roses,
Quand les oiseaux n'ont plus de nids,
Quand les jours d'été sont finis,
L'hiver gémit aux portes closes.

Où sont les rameaux rajeunis,
Les lilas blancs, les lauriers roses ?
Où sont les prés, les blés jaunis,
Quand les rosiers n'ont plus de roses ?

Le givre est aux carreaux ternis,
Et le froid rend les cœurs moroses.
Où sont les fleurs à peine écloses,
Quand les oiseaux n'ont plus de nids ?

La neige aux reflets grandioses
Etend ses réseaux infinis ;
La terre a ses métamorphoses,
Quand les jours d'été sont finis.

Si les rosiers n'ont plus de roses,
Si les oiseaux n'ont plus de nids,
Près de l'âtre, on dit bien des choses,
Quand les jours d'été sont finis.

Dieu nous donne des jours bénis.
L'hiver gémit aux portes closes ;
Mais lorsque deux cœurs sont unis.
C'est toujours la saison des roses !

SOURIRES

2

?

Si je vous le disais pourtant que je vous aime,
  Qui sait, brune aux yeux bleus, ce que vous en diriez ?
                                              Musset.

Quel est le nom qu'on vous donne,
Claudine, Berthe ou Myrza ?
J'ai cueilli pour vous, Mignonne,
Quelques brins de mimosa.

Le mimosa frais et jaune
Comme l'or pur des soleils,
A tout comme vous, Mignonne,
Des cheveux blonds et vermeils.

Mettez donc ce brin docile
Sous votre bonnet mignon.
Vous appelle-t-on Lucile ?
Dites, quel est votre nom ?

Fille fringante et jolie,
Vous avez, Jeanne ou Marthon,
Ce que j'aime à la folie :
Une fossette au menton.

Une fossette est charmante
Sur un minois rondelet.
Mais dites-moi donc, méchante,
Votre doux nom, s'il vous plaît ?

Est-ce Georgette ou Justine,
Charlotte, Angèle ou Zoé,
Isabelle ou Clémentine,
Laure, Clémence ou Chloé ?

Mais après tout, que m'importe
De savoir ce joli nom....
Si vous m'ouvrez votre porte,
Lise, Suzette ou Toinon !

PREMIER JANVIER

C'est le premier jour de l'année.
La neige tombe, il fait bien froid ;
Et c'est un vrai plaisir de roi
Que de rester au lit la grasse matinée.

La ville entière est en émoi :
On jase, on court. Excepté moi,
Chacun va, vient, fait sa tournée.
C'est le premier jour de l'année.

A tout risque, il faut marcher droit ;
Car, avec ce verglas on a l'âme damnée,
Et les jurons font trève aux vœux de la journée.
La neige tombe, il fait bien froid.

Baiser reçu, chose donnée.
Plus d'une belle, en grand arroi,
Laisse prendre à l'Amour sa lèvre satinée...
Et c'est un vrai plaisir de roi.

A chaque homme sa destinée.
Agir à ma guise est ma loi ;
Et c'est, je crois, de bon aloi
Que de rester au lit la grasse matinée.

ENVOI

Douze coups sonnent au beffroi.
Le feu rougit la cheminée ;
Et ma Muse, sans nul effroi,
Dans mes bras s'est abandonnée.

RENCONTRE

C'était une enfant blonde aux doux yeux de gazelle,
Quoique frêle, aux grands airs de noble demoiselle,
Soutenant sur son bras docile et complaisant
Son aïeule. — Au passé s'unissait le présent.
Toutes deux, l'enfant blonde et l'aïeule voilée,
Suivaient à petits pas la grève ensoleillée
Où la vague d'azur arrivait doucement,
Puis s'en allait, avec un doux frémissement...
L'aïeule, un peu courbée, avait sur le visage
Un air majestueux qu'accusaient davantage
Les rides, sillons noirs dans les traits enfoncés
Qu'à la longue les ans sur elle avaient tracés.

L'enfant blonde, joyeuse et souriante et belle,
Tenait négligemment sur l'épaule une ombrelle
D'une main, et de l'autre agitait l'éventail
Sous lequel fraîchissait sa lèvre de corail.
Sa démarche était souple, agile et volontaire ;
Ses petits pieds mignons reposaient sur la terre
Sans laisser nulle empreinte ; ainsi le papillon
Se pose doucement dans le creux d'un sillon.
L'onde, comme un miroir, reflétait son image.
Mes yeux se laissaient prendre à ce trompeur mirage
Et couraient à loisir, comme deux vagabonds,
De l'enfant blonde et pure aux flots bleus et profonds.

RÊVERIE

L'ombre du soir s'est épandue
Sur le vallon silencieux
D'où je contemple, des grands cieux,
La sombre et muette étendue.

Les blés mûrs, lourde moisson d'or,
Sont fauchés depuis l'avant-veille ;
Au jardin, la rose sommeille
Et le lis se ferme et s'endort.

Les oiseaux couchés sous la feuille
N'ont plus de nids et plus de chants ;
La brise s'en va par les champs,
Lutiner les fleurs qu'elle effeuille.

La lune brille au ciel lointain,
Phébé blonde au teint blanc et pâle,
Boule immense, neigeuse opale
Dans un écrin de bleu satin.

C'est l'heure sereine choisie
Pour le rêve et le nonchaloir ;
C'est l'heure où dans l'air pur du soir
Passe un parfum de poésie ;

C'est l'heure où dans les cœurs puissants
S'éveille l'extase infinie,
Où l'âme à Dieu se sent unie,
Où l'esprit est vainqueur des sens.

C'est l'heure où dans les oscraies
Courent les ondins aux abois ;
Où les satyres dans les bois
Guettent les nymphes éplorées ;

C'est l'heure sainte... mais soudain,
J'entends une chanson joyeuse :
C'est une enfant blonde et rieuse
Qui passe au seuil de mon jardin.

Furtivement, je l'envisage,
Tout en cherchant à me cacher :
Je ne veux pas effaroucher
Ce charmant oiseau de passage.

La lune, qui frôle le mur,
Met à son front une auréole,
Et toujours sa chanson s'envole
Et monte en trilles dans l'air pur.

D'où vient-elle, alerte et gentille ?
Où va-t-elle à pas mesurés ?
Je ne sais. — Les cieux azurés
Parlent-ils d'amour, blonde fille ?

SUR DEUX FLEURS

Quand vient avril, il est une fleur simple et belle
Que ta main cueille avec amour.
Il est une autre fleur que je vois chaque jour,
Et c'est Mignonne qu'on l'appelle.

La première se fane et meurt dans tes cheveux ;
Son parfum s'échappe après elle.
La seconde est toujours aussi simple que belle
Et c'est ainsi que je la veux.

MAINS D'ENFANT

A Antoine ADAM.

Ce sont de petites mains roses
Dont les doigts courts et vagabonds
Prennent de délicates choses :
Pralines, fondants et bonbons.

Quand on sort, elles sont gantées ;
Car l'Hiver, qui court les chemins,
A des morsures apprêtées
Pour ces toutes petites mains.

3

Mais l'Hiver n'a pas de puissance
Sur la fourrure et sur le gant ;
Et cette chair, toute innocence,
Garde son contour élégant.

Sur cette peau fine et lissée,
A chaque doigt, bijou charmant,
Une fossette s'est placée.
Manquait-il donc cet ornement ?

Les ongles, corne souple et tendre,
Sont délicatement posés,
Et si mignons qu'on n'y peut prendre
Le plus timide des baisers.

SOIRS D'HIVER

Mon bonheur d'aujourd'hui, mon rêve de demain,
Mon espoir de toujours, c'est toi, ma bien-aimée.
                              ADOLPHE CARCASSONNE.

Sous le ciel brumeux nous marchons ensemble ;
    La lune éclaire l'horizon.
Ce n'est plus le temps où l'Avril rassemble
    Les faucheurs pour la fenaison.

Ce n'est plus le temps où la brise folle
    Court par les champs et les vergers
Effeuiller la fleur humide qu'affole
    L'essaim des papillons légers.

Ce n'est plus le temps où les grappes blanches
    Baignent du lac les grandes eaux ;
Où tous les ravins, où toutes les branches
    Se garnissent de nids d'oiseaux ;

Où les amoureux s'en vont par centaines
    A l'ombre des sentiers discrets,
Cueillir à foison les moissons certaines :
    Fleurs nouvelles et doux secrets.

Et pourtant ma main s'attache à la tienne,
    Ma lèvre baise tes cheveux,
Et ma bouche dit l'éternelle antienne
    Faite de soupirs et d'aveux.

Et ton bras passé sous le mien qui tremble,
    Et tes doigts par le froid raidis,
Comme deux élus, nous marchons ensemble
    Sur le chemin du Paradis.

A SUZON

Mimi Pinson est une blonde,
Une blonde que l'on connait.
MUSSET.

Si vous passez devant ma porte,
    Entrez, Suzon.
    Dans ma maison,
Le dieu malin qui vous escorte
    Tient garnison.

Il m'a conté toutes vos peines,
    Cet indiscret.
    Votre secret,
Il l'a dit aux fleurs, aux fontaines,
    A la forêt.

Si bien que, lorsque je me grise
De l'air des bois,
J'entends parfois
Votre nom que redit la brise
A haute voix.

Et que, dans le cristal limpide
De l'eau qui court,
En jupon court
Je vous revois fraîche et candide,
La nuit, le jour.

Le jour, la nuit, mon cœur vous aime.
Ce polisson
A bien raison.
Si votre cœur pense de même,
Entrez, Suzon.

EN MAI

Que tout cœur aimant soit aimé !
JOSÉPHIN SOULARY.

Le soleil a de chauds rayons
Pour les amants, pour les poètes ;
Et le ciel fit les papillons
Pour les gentilles pâquerettes.

Pour les gentilles pâquerettes
Et pour les jeunes oisillons,
La brise a d'éternelles fêtes,
La terre a de charmants sillons.

La terre a de charmants sillons
Où les vierges passent, coquettes,
Et l'amour souffle en tourbillons
Sous l'émail de leurs collerettes,

Le soleil a de chauds rayons
Pour les gentilles pâquerettes ;
La terre a de charmants sillons
Sous l'émail de leurs collerettes.

Sous l'émail de leurs collerettes
Où s'ébattent les noirs grillons,
La terre a de charmants sillons.

La terre a de charmants sillons
Jonchés de mille gouttelettes,
Pour les gentilles pâquerettes.

Pour les gentilles pâquerettes,
Fleurs des prés en blancs cotillons,
Le soleil a de chauds rayons.

Fleurs des prés en blancs cotillons
Jonchés de mille gouttelettes,
Ecoutez chanter les grillons !

BILLET DOUX

A L. S.

Si j'étais papillon, si vous étiez fleurette,
Et si nous étions nés un jour d'avril vermeil,
A peine faudrait-il un rayon de soleil
    Pour éclairer notre amourette.

Mais nous ne sommes pas fleurette et papillon,
Et les jours de soleil passent comme des songes.
Lise ! avant que ne soit mort le dernier grillon,
Dépêchons-nous d'aimer. Tout le reste est mensonges.

BOUDERIE

Fi donc ! la vilaine boudeuse
Avec ses yeux baignés de pleurs !
Lise ! les lilas sont en fleurs ;
Au bois la fraise est savoureuse.

Viens-tu ? le ciel est radieux :
La terre renaît et frissonne.
Il pleuvra des baisers, Mignonne,
Pour sécher les pleurs de tes yeux.

RÊVE D'AVENIR

Le vent souffle, entraînant dans une ronde folle
Les feuilles sèches de nos bois ;
La fleur n'entr'ouvre plus sa riante corolle
Et l'hirondelle a fui nos toits.

       Lucien Duc.

Tel qu'un oiseau capricieux
Mon cœur craint l'hiver monotone.
Où rêver le soir, sous les cieux,
Quand finit la saison d'automne ?

Mon cœur craint l'hiver monotone,
La froide bise et les autans.
Quand finit la saison d'automne,
Bien loin encore est le printemps.

La froide bise et les autans,
C'est là ce que l'hiver nous livre.
Bien loin encore est le printemps,
La saison qui fait tout revivre.

C'est là ce que l'hiver nous livre...
Mais le printemps aura son tour,
La saison qui fait tout revivre :
Fleurs des prés et chansons d'amour.

Mais le printemps aura son tour,
Et j'irai cueillir à la ronde
Fleurs des prés et chansons d'amour,
A ton bras, dans la paix profonde.

Et j'irai cueillir à la ronde
Tous mes songes délicieux,
A ton bras, dans la paix profonde,
Tel qu'un oiseau capricieux.

PETITS POÈMES

IDYLLE DE MAI

A Théophile Dupoux.

Le premier rayon du jour
Donne sa lueur vermeille
Aux floraisons d'alentour.

Dans le nid, l'oiseau s'éveille ;
Le ruisseau court sous le bois ;
Sur la fleur vole l'abeille.

Les coqs, d'une même voix,
Jettent leurs notes joyeuses
A Mai, le plus beau des mois.

Mai ! le mois des fleurs soyeuses
Que l'on cueille deux à deux
Par les sentes radieuses ;

Mai ! le mois des amoureux,
Le mois superbe où l'on sème
Les doux et tendres aveux ;

Le mois où tout vit, tout aime,
Tout frissonne et tout sourit
Sous le ciel, pur diadème ;

Mai ! le mois que l'on chérit,
Le mois des jeunes fauvettes
Dont la voix nous attendrit ;

Le mois des joyeuses fêtes,
Des courses à travers champs ;
Mai ! le beau mois des poètes ;

Le mois des cris et des chants,
Où l'on s'en va, l'âme pleine,
Rêver aux soleils couchants ;

Où la brise a fraîche haleine,
Où les rameaux rajeunis
De nouveau couvrent la plaine ;

Mai ! le mois des jours bénis
Et des nuits claires et douces ;
Le mois des fleurs et des nids ;

Mai ! le mois des jeunes pousses
Que la sève, en s'élançant,
Fait jaillir, blondes ou rousses ;

Le mois où l'amour descend
Comme une sainte rosée,
Dans le cœur tout frémissant ;

Le mois où l'âme embrasée
Monte, avide de rayons,
Jusqu'à la nue irisée ;

Mai ! le beau mois des grillons
Et des fraises savoureuses ;
Mai ! le mois des papillons !

. . . .

Par les ravines ombreuses,
Allez, la main dans la main,
Vivre les heures heureuses !...

Mais bien court est le chemin !

PROMENADE MATINALE

Que de pensers charmants s'agitent dans ma tête !
Les bois sont verts ; le ciel est bleu ; tout est en fête,
Et l'air est saturé du parfum des lilas.
-— Allons, Marthe, viens-tu ? Dépêchons ! Es-tu prête ?
    Je pars seul, si tu ne viens pas.

Marthe arrive. Elle n'a pu lacer sa bottine
Et tient de chaque main une large tartine
Où le beurre onctueux s'allonge sur le pain ;
Et me disant bonjour de sa voix enfantine,
Elle accourt, trottinant comme un petit lapin.

Quoique la bouche pleine, elle me tend la joue
Et j'embrasse deux fois ce satin où se joue
Sous la blancheur du teint l'incarnat familier.
Puis elle tend le pied ; je comprends, et je noue
    Le cordon du petit soulier.

Et nous partons. La brume en perles de rosée,
Sur la feuille et la fleur s'est tendrement posée,
Et le premier rayon qui descend du soleil,
A mis dans chaque goutte une lueur rosée
Et sonné des oiseaux le magique réveil.

Nous voilà dans les prés reverdis et superbes.
Les boutons d'or semés parmi les folles herbes
Semblent des papillons agiles et fluets,
Et du gramen naissant les brindilles en gerbes
    Grimpent sur l'azur des bluets.

Marthe va devant moi, joyeuse et vagabonde,
La brise a des baisers pour cette tête blonde
Où la candeur céleste a gravé son secret.
En la suivant ainsi, j'irais au bout du monde
Tant l'espace est vermeil et le sentier discret.

A cette heure du jour où dans nos cœurs se glisse
L'oubli de toute haine et de toute injustice,
Notre esprit, gai lutin, merveilleux rossignol,
Chante et s'agite en nous au gré de son caprice
    Et vers l'infini prend son vol.

Et je pense que Dieu qui fit bien toutes choses,
A mis l'apaisement dans le parfum des roses
Ainsi que le gazon sous nos pas triomphants,
Et que, pour adoucir nos subtiles névroses,
Il sème le sourire aux lèvres des enfants.

Cependant Marthe court dans la flore nouvelle.
Qui donc est la plus fraîche et qui donc la plus belle
De la fleur qui s'éveille au versant des vallons
Ou de la douce enfant que parfois je rappelle
              Pour caresser ses cheveux blonds ?

Elle n'a qu'un désir, qu'une seule pensée :
Poursuivant au hasard la route commencée,
Cueillir les fleurs des champs qui bordent le chemin ;
De sorte qu'au retour, ployant sous sa brassée,
Elle me charge un peu pour me prendre la main.

Ce sont de doux fardeaux qu'au logis je rapporte.
D'un côté, les bluets naissants me font escorte ;
De l'autre, l'enfant jase et se laisse mener.
Mais voici la maison ; Marthe frappe à la porte :
              On peut servir le déjeuner.

LETTRE

D'UNE JEUNE FILLE A SA MARRAINE

Ma bien chère et bonne marraine,

A l'heure tranquille et sereine
Où les oiseaux cessent leurs cris,
Je prends la plume et je t'écris.
Je t'écris... Que pourrais-je faire
De mieux, marraine, pour te plaire ?
Rien, je crois ; c'est mon sentiment ;
Je te le dis bien simplement.

Dans ma chambre, tout est silence ;
Mon piano dort dans un coin ;
Seule, une mouche, par besoin,
Me taquine avec insolence.

Elle court sur mon papier blanc,
Vient me lire après chaque lettre ;
Je la chasse... Elle fait semblant
De se sauver par la fenêtre.

Mais à peine à moitié chemin
Elle revient d'un vol agile,
Et se promène sur ma main,
Toute fière et toute tranquille.

Evitant de me déranger,
Je souffle sur elle avec rage ;
Elle résiste avec courage,
Puis, à mon nez vient voltiger.

Malgré tout, voulant être bonne,
Je lui fais un gentil discours
En trois points, comme à la Sorbonne...
Mais elle voltige toujours !

A la fin, lassée elle-même,
Elle vient boire à l'encrier.
J'en profite et, sur ce papier,
Je t'écris vite que je t'aime.

Sois sans crainte sur ma santé ;
La campagne m'est favorable ;
Malgré les chaleurs de l'été,
Je reste des heures à table.

Je me lève avec le soleil,
Et fort tard, le soir, je me couche,
Et je ne fais qu'un seul sommeil.
Oh ! fi donc ! la vilaine mouche !

La voilà sur mon cou... Crois-tu
Qu'il faille avoir de la vertu
Pour supporter pareille audace ?
Aussi, je ne tiens plus en place
Et je vais de ce pas, morbleu !...
— Voilà que je jure, marraine. —

Qu'elle m'agace encore un peu,
Puisque je t'ai fait de la peine !

LA FIANCÉE DU MOUSSE

Elle était blonde et pâle, et charmante et si douce
Que toujours un sourire éclairait son teint blanc ;

Il était brun et fier, Pietro, le jeune mousse,
Et pourtant, devant elle, il était tout tremblant...

Elle l'aimait, ainsi que l'on aime à cet âge
Où la vie est pour nous un éternel printemps ;

Il l'aimait tendrement, sans détour, sans partage,
De tout son cœur naïf, comme on aime à vingt ans.

Elle lui dit un jour : « Pars, Pietro, sois un brave,
Et soutiens dignement le drapeau de l'honneur ! »

Il lui dit : « Il n'est nul péril que je ne brave
Pour revenir vers toi hâter notre bonheur ! »

Elle lui dit encor : « Pense à ta bien-aimée,
Et dis une prière au Seigneur chaque soir ! »

Il lui dit : « C'est par toi que mon âme est charmée ! »
Et, la baisant au front, il reprit : « Au revoir ! »

Elle a prié le Ciel pendant l'année entière ;
Mais le mousse au hameau ne reviendra jamais.

Il ne dormira pas, hélas ! au cimetière...
Et sa blonde promise est veuve désormais !

4

L'EUPHORBE

Dans les pays brûlés par les feux des tropiques,
Climats chauds et malsains par les fièvres hantés,
Sous la zone torride où les fleurs exotiques
Ont des parfums si doux, si purs et si vantés ;

L'euphorbe, en une nuit, sur sa tige se dresse ;
— On dirait le géant de la plante debout —
Et la sève houleuse et qui monte sans cesse
Se change en un poison qui fermente et qui bout.

De même, dans mon cœur confiant et tranquille,
La haine, aspic affreux qui fascine et qui mord,
S'est implantée, ainsi qu'un arbuste inutile
Dont le suc vénéneux est un germe de mort.

CHANT DE GUERRE

Hébé ! brune déesse aux ardentes caresses,
Ondine aux yeux d'azur, au rire gracieux,
Toi qui donnes l'amour et toutes les ivresses,
    Verse-moi le nectar des Dieux !

Nymphe aux divins attraits que mon cœur a choisie,
Sirène dont la voix connaît les chants du ciel,
Dans mon hanap d'or pur, verse à flots l'ambroisie
    Neuf fois plus douce que le miel !

Cette double liqueur, ô brune enchanteresse,
Breuvage fait d'amour, de force et de fierté,
Portera dans ma chair la virile tendresse,
    Dans mon sang, l'immortalité !

PREMIER DOUTE

Toute eau qui dort, limpide en sa prison de verre,
Tout lac bleu, noir étang ou mare au reflet gris,
Toute fleur maladive, iris ou primevère,
Qui sème avant le temps ses pétales flétris ;

Tout cœur que n'a jamais secoué la tempête,
Toute âme qui jamais n'a connu le remords,
Vivent les jours d'ennui d'une banale fête
Et semblent sommeiller dans le repos des morts.

Le cadran que surmonte un énorme hippogriphe,
Monstre ailé qui me nargue avec ses yeux de fer,
Et qui semble tenir sous sa puissante griffe
Le sceptre qui commande aux suppôts de l'enfer ;

Le cadran sur lequel mes yeux ont pris racine,
Qui martèle à la fois les heures et mon cœur,
Qui tourmente mon sang, le trouble et le calcine,
Me regarde, insolent, impudent et moqueur.

L'aiguille qui jamais en repos ne demeure,
Au bruit sourd du tic-tac marche sournoisement,
Et le marteau d'acier frappe la douzième heure...
O mon Dieu ! le soupçon m'étreint cruellement.

L'ARRIVÉE

Elle est enfin venue, inquiète et troublée,
Le sourire indécis, les yeux brillants et lourds.
Sur un meuble, elle a mis son manteau de velours
Et m'a donné sa main mignonne et potelée.

J'ai grondé ; mais ses pleurs ont su me désarmer,
Et j'ai mis sur son front ma plus chaude caresse.
D'ailleurs, je ne veux pas douter de sa tendresse,
Car j'ai besoin de croire et j'ai besoin d'aimer.

QUIÉTUDE

Rose est toute caprice, et moi
J'adore son œil qui pétille,
Et je sens des bonheurs de roi
Rien qu'à lui baiser la cheville.
BANVILLE.

C'est l'hiver. — Sautillante, empressée, un peu fière,
Telle qu'un gai pinson qui regagne son nid,
Je la vois arriver, du lourd balcon de pierre
Où je viens m'accouder après le jour fini.

Elle accourt à grands pas, frileuse, emmitouflée,
Le voile jusqu'au nez, les mains dans son manchon,
Se hausse sur ses pieds mignons, tout essoufflée,
Pour donner à ma lèvre un baiser folichon,

C'est ainsi qu'elle arrive et qu'elle me salue.
Moi qui l'aime, je mets ma bouche sur ses yeux,
Et prêt à lire encor la page déjà lue,
Je dis le chapelet de mes baisers pieux.

Puis, je prends le manteau, je dégrafe la robe,
Je fais sauter les gants, je délace les seins,
Et joyeux de l'avoir près de moi, je dérobe
Quelque œillade et commets quelques joyeux larcins.

Mais le plus doux instant de mon heureux servage,
C'est de prendre à deux mains ses pieds tendres et blancs,
De longtemps les froisser, sans causer grand dommage
A ces oiseaux frileux, farouches et tremblants.

Sous ce lisse contact, la vigueur se réveille ;
Chaque pore excité s'émeut sous la chaleur ;
Les vaisseaux déliés où le sang pur sommeille
S'enflent, veinant de bleu le derme sans couleur.

Chers petits pieds neigeux d'où le nard s'évapore
Ainsi qu'un doux parfum d'un magique encensoir,
Sur vos orteils nacrés comme un rayon d'aurore,
J'ai commencé souvent ma prière du soir.

LE PÊCHEUR

Les astres ont pâli dans le lointain des cieux ;
    L'aurore à l'horizon s'éveille,
Et le soleil épand sur les flots spacieux
    Sa lumière blonde et vermeille.

Le pêcheur rentre au port. — C'est un gars découplé
    Comme l'hercule de nos foires.
Il est là, libre et fier, l'œil vif, le teint hâlé
    Et les mains calleuses et noires.

Il a passé la nuit entière sur les flots :
    La mer est son champ de bataille ;
Il l'aime, il la chérit. — Combien de matelots
    Dont le cœur dépasse la taille !

Il ne craint ni l'éclair qui sillonne l'azur
　　D'une ligne étroite et profonde,
Ni l'orage qui vient du fond du ciel obscur
　　Et se répercute dans l'onde.

Il a plus d'une fois senti l'âpre mistral
　　Soulever sa frêle nacelle
Et l'emporter, rapide, au gouffre sépulcral,
　　Comme un oiseau qui bat de l'aile.

Mais, devant le péril, jamais il n'a tremblé.
　　Quand le flot démonté fait rage,
Il lutte, il se raidit, lui chétif, esseulé,
　　Et jamais il ne perd courage.

Il a la foi qui sauve et l'espoir, doux soutien ;
　　Il sait bien que Dieu le regarde.
Il invoque à genoux, dans son cœur de chrétien,
　　La Bonne Mère de la Garde.

S'il échappe au danger, pieds nus, un cierge en main,
　　Vers la chapelle renommée,
Il ira sans faiblesse et sans respect humain,
　　Prier la Vierge bien-aimée.

Et robuste, hardi, joyeux et confiant,
　　Prêt pour la prochaine tempête,
Il revient sans frayeur, l'œil clair et souriant,
　　Affronter la mer qui le guette.

*
* *

Quand la nuit est sereine et quand le flot léger
    Du ciel bleu reproduit l'image,
Le pêcheur laisse alors sa barque voltiger
    Ainsi qu'un papillon volage.

Et doucement ému devant l'immensité
    Qui l'éblouit et qui l'attire,
Il rêve d'un pays d'immortelle clarté
    Que l'on connaît par ouï-dire.

C'est ce pays lointain où naissent les soleils
    Comme des fleurs prédestinées
Dont l'éclat souverain et les rayons vermeils
    Persistent des milliers d'années ;

C'est ce pays charmant où, dans des nimbes d'or,
    Flottent des légions d'étoiles ;
Ce pays dont il voit le somptueux décor
    Qui se reflète sous ses voiles ;

Ce pays vaporeux que l'esprit seul comprend
    Et dont il devine les causes ;
Ce pays sans limite, éternellement grand,
    Perdu dans l'infini des choses.

C'est là que la pensée aspire à demeurer,
    Parmi ces sœurs silencieuses,
Planètes, larmes d'or qu'un Titan dut pleurer,
    Etoiles, fleurs mystérieuses !

Mais l'horizon s'étend et lasse son effort,
    Le zénith s'éloigne sans cesse ;
L'esprit poursuit sa course et cherche en vain le port
    Où doit s'abriter sa faiblesse.

Il se heurte aux soleils incandescents et lourds,
    Fournaises à jamais vivantes,
Amas de feu compacts qui bouillonnent toujours,
    Masses informes et mouvantes.

Il va plus haut, se perd dans le vague des cieux,
    Et, lassé par ce vol sans guides,
Il se dit : Qu'est donc l'homme, et pourquoi de ses yeux
    Jaillit-il ces regards avides ?

Et la Raison répond : L'homme est esprit et chair.
    Le cadavre devient poussière ;
Mais l'âme, oiseau léger, ne chante qu'au grand air
    Et ne vit que dans la lumière.

SOUVENIRS

LES SOUVENIRS

Les souvenirs anciens sont comme les oiseaux.
Ils chantent dans le cœur leurs cantates naïves ;
Comme le flot jaseur qui court dans les roseaux,
Ils s'agitent au fond de nos âmes pensives,
Aussi clairs, aussi purs que le cristal des eaux.

Ils chantent dans le cœur leurs cantates naïves,
Tels que ces oiseaux bleus qu'on peint sur les arceaux
Le bec tout grand ouvert, les pattes inactives.
On ne les entend pas chanter leurs doux morceaux,
Et l'on perçoit pourtant leurs notes expansives.

Comme le flot jaseur qui court dans les roseaux,
Ils apaisent soudain nos fiertés maladives.
Le passé leur sourit. Quenouilles et fuseaux
Ont vu nos jeux d'enfant, et, de nos mains oisives,
Nous avons, sans remords, brouillé les fins réseaux.

Ils s'agitent au fond de nos âmes pensives.
Le ferment destructeur qui s'attaque à nos os
Applique sur nos chairs des rougeurs fugitives,
Et la Parque inflexible apprête ses ciseaux...
Mais eux ne craignent pas les vengeances tardives.

Aussi clairs, aussi purs que le cristal des eaux
Qui jaillissent du sol, joyeuses et furtives,
Pour creuser dans le roc leurs rives en biseaux,
Ils s'échappent, chantant leurs chansons collectives.
Les souvenirs anciens sont comme les oiseaux.

POUR L'OUBLIEUSE

—•:•:•—

Hélas ! pourquoi l'automne est-il venu ?
GEORGES BOURET.

Vous souvenez-vous, ma belle enfant blonde,
      Des beaux soirs d'été,
Quand, par le sentier que la lune inonde
      De pâle clarté,
Vous passiez, joyeuse et charmante et belle,
      Comme une hirondelle
Qui rejoint son nid dans le toit planté ?

Vous souvenez-vous du jardin tranquille,
      Témoin de vos jeux,
De vos pas perdus dans ce doux asile,
      De nos doux aveux,
De vos lourds fardeaux de moissons fleuries,
De vos rires d'or, de vos rêveries,
      Le soir, sous les cieux ?

*
* *

Vous souvenez-vous, ma belle enfant blonde,
    Des beaux jours d'été,
Quand, près des flots bleus que le jour inonde
    De vive clarté,
Vous passiez, joyeuse et charmante et belle,
    Tenant votre ombrelle
Pour ne pas brunir votre œil velouté ?

Vous souvenez-vous de vos chansons folles ?
    Vous aviez vingt ans.
La brise chassait loin de vos épaules
    Vos cheveux flottants.
Vous passiez, légère ainsi qu'un bel ange,
Pour ne pas souiller avec notre fange
    Vos brodequins blancs.

UN RÊVE

Sur le bord du ruisseau nous passions, elle et moi.
L'eau vive redisait sa chanson familière ;
Et le rire à la lèvre et le cœur en émoi,
Nous faisions tous les deux l'école buissonnière.

Ce que nous avons pris de genêts dans les bois
Et cueilli de baisers sous le feuillage sombre,
Non, certes! je n'ai pas assez de mes dix doigts
    Pour en dire le nombre.

* *

Sur le bord du ruisseau babillard où, sans fin,
S'écoule en murmurant une onde cristalline,
Nous passions. — Elle avait tout l'air d'un séraphin
          Sous sa mignonne capeline.

Nous n'avons pas cueilli de genêts ce jour-là,
Et les baisers promis sont restés à sa lèvre.
Elle m'a dit : « J'ai froid, » et, me disant cela,
          Sa main moite battait la fièvre.

* *

Sur le bord du ruisseau qui redisait encor
Son chant pur, résonnant comme une chanterelle,
Nous passions. — Le soleil lançait ses flèches d'or.
Sur son front languissant, je tenais son ombrelle.

Elle était si légère à mon bras empressé
Que je croyais parfois frôler une ombre errante ;
Puis, soudain, sur le bord, ses deux pieds ont glissé,
Et son corps s'est dissous dans l'onde transparente.

SUR LA MORT D'UNE ENFANT

———+:3@C:+———

A ma sœur.

C'est par un jour de gai soleil
Qu'au lieu saint nous l'avons conduite.
Dans sa bière toute petite,
Elle dort son dernier sommeil.

Puis, de l'église au cimetière,
Nous avons fait le long chemin.
Une rose rouge à la main,
Comme elle dort bien dans sa bière !

Ah ! les fleurs ne lui manquent pas,
Blancs dahlias ou roses blanches !
Elle a sa robe des dimanches
Qui laisse à nu ses petits bras.

5.

Sa bouche, faite pour sourire,
Ne dira plus : bonjour, maman ;
Ses grands yeux pleins d'étonnement,
Hélas ! n'ont plus rien à te dire.

La mort les a clos pour toujours,
La mort livide, — et, sur sa joue,
L'ombre de ses longs cils se joue
Ainsi qu'au temps des heureux jours.

Il me semble la voir encore,
Câline, — oh ! qu'elle t'aimait bien ! —
Vive et leste, jouant d'un rien,
Fraîche comme un rayon d'aurore.

Vers le soir, les yeux langoureux,
Sur tes genoux trouvant sa place,
Elle s'endormait toute lasse
De sa journée et de ses jeux.

Et bercée en des songes roses,
Sa bouche mignonne riait.
L'ange gardien qui la veillait
Lui disait tant de douces choses !

Maintenant, sans souffle, elle dort,
Toute blanche en sa robe blanche,
Et les fleurs font une avalanche
Sur sa bière où veille la Mort.

Après la dernière prière,
On l'a prise, malgré nos pleurs,
Fleur morte parmi tant de fleurs,
Pour la déposer sous la pierre.

Mais dans la tombe, désormais,
Notre mère veille sur elle ;
Sous cette égide maternelle,
Que le Ciel la garde à jamais !

EN CE TEMPS-LA

—

En ce temps-là, c'était charmant,
L'Amour nous guidait sous les branches,
Et, prenant nos allures franches,
Nous nous enlacions tendrement.

En diplomate et gentiment
Je baisais... le bout de tes manches.
En ce temps-là, c'était charmant :
L'Amour nous guidait sous les branches.

Et nos pas suivaient doucement
Le gazon vert plein de fleurs blanches.
Oh ! le cher bouquet des dimanches
Que l'on conservait saintement !
En ce temps-là, c'était charmant.

EN CE TEMPS-CI

—

En ce temps-ci, c'est autre chose,
Et l'automne a fait la moisson.
Au bois, il n'est plus de chanson ;
Au jardin, il n'est plus de rose.

En ce temps-là, sans fait ni cause,
On se becquetait sans façon ;
En ce temps-ci, c'est autre chose,
Et l'automne a fait la moisson.

Quelle étrange métamorphose !
Le cœur s'est pris comme un glaçon.
En ce temps-là, fille et garçon
Ne savaient pas écrire en prose ;
En ce temps-ci, c'est autre chose.

MOISSONS

Des vers pour vous, ma bien-aimée.

FRÉDÉRIC BATAILLE.

Pour vous cueillir des roses blanches,
Mignonne, le cœur plein de vous,
Je vais aux champs quand l'air est doux,
Et qu'Avril a fleuri les branches.

Mais le soir, j'égare mes pas
Jusqu'aux tombes, de fleurs semées ;
C'est là que dorment les aimées,
Mignonne, ne l'oubliez pas.

Bien qu'Avril ait fleuri les branches
Et bien qu'aux champs l'air soit si doux,
Mignonne, je reviens vers vous
Les mains vides de roses blanches.

LE COUP DE FOUDRE

—

C'était une humble Mornésienne
De seize à dix-huit ans, oui-dà ;
Brune comme une Bohémienne,
Belle comme l'Esméralda.
CHARLES BISTAGNE.

Elle et moi, nous venions nous asseoir sans façon
Sous la verte tonnelle au séduisant ombrage ;
Et nous causions d'amour, puisque c'est de notre âge,
Et puisque les oiseaux nous faisaient la leçon.

C'était au temps béni de la chaude moisson,
Quand les filles des champs ont au cœur bon courage
Et lorsque dans les prés, pour achever l'ouvrage,
Les robustes faneurs chantent à l'unisson.

Or, il advint qu'un jour où j'étais auprès d'elle,
Le tonnerre gronda, faisant fuir l'hirondelle
Et semant l'épouvante au plus profond des bois.

Ce point d'orgue fâcheux brisa notre entrevue,
Elle partit soudain, pauvre biche aux abois,
Et depuis ce jour-là, je ne l'ai plus revue.

UN ARTISTE

A huit ans, j'avais un tambour
Et je sonnais de la trompette.
J'étais joli comme un amour
Et fluet comme une allumette.

J'étais au lutrin à douze ans
Dans une immense basilique.
L'orgue mêlait ses airs puissants
Au son de ma voix angélique.

A vingt ans, j'étais fort ténor.
Quoique chétif et diaphane,
Je donnais le *si* sans effort,
Car j'avais un superbe organe.

Aujourd'hui que l'âge est venu,
Au café-concert je m'adresse,
Et, pauvre artiste méconnu,
Je tape sur la grosse-caisse.

Ainsi j'ai passé, poursuivant
Dièzes, soupirs et silences,
Et les soirs de bal, en rêvant,
Je bats la mesure des danses.

Aussi, quand la mort me prendra
Dans sa nuit pesante et profonde,
Je suis certain qu'il se fera
Un peu moins de bruit en ce monde.

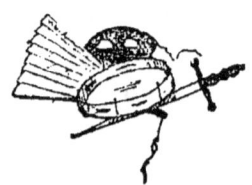

OUBLI

Les fossettes sont des nids à baiser.

Y sommes-nous allés souvent
Par les petits chemins pleins d'herbes
Où nous passions, jetant au vent
Nos chansons folles et superbes ?

Les cœurs battant à l'unisson,
Les fronts sous la frondaison verte,
Nous souvenant de Robinson,
Nous allions à la découverte.

En chemin, pour ses blonds cheveux,
Je cueillais quelque fleur éclose,
Et, pour me ranger à ses vœux,
Je contais quelque songe rose.

Elle riait, montrant ses dents,
Au fond du bois faisant vacarme,
Et le rire, à ses yeux ardents,
Amenait parfois une larme.

Larme joyeuse, clair brillant,
Perle fine qu'un rien secoue,
Qui se perdait en sautillant
Dans la fossette de sa joue.

Où donc êtes-vous, doux moments,
Printemps béni, folle jeunesse,
Regains nouveaux, sylphes charmants
Rêvés et poursuivis sans cesse?

Aujourd'hui que l'âge a passé,
Séchant nos cœurs, glaçant nos lèvres,
L'indifférence a remplacé
Le temps des amoureuses fièvres

LA FLEUR CHOISIE

J'ai dit à mon cœur : Cherche dans la plaine,
Près du lac tranquille ou parmi les champs,
Le lis, fleur suave, aux airs si touchants,
Ou la rose blanche à la douce haleine.

Mon cœur a cherché plus d'une semaine,
Mais les vents d'hiver, hardis et méchants,
Ont déchiqueté les rameaux penchants
Et flétri les fleurs que l'Avril ramène.

La saison nouvelle a fleuri le bois ;
J'ai dit à mon cœur, ainsi qu'autrefois :
Cherche dans les prés, cherche dans les menthes ;

Plus d'une corolle a fraîche couleur ;
Moissonne au hasard quelques fleurs charmantes...
Mais mon cœur n'a pris qu'une seule fleur.

FLEUR FANÉE

A son corset, j'ai pris un jour
    Une pensée,
Et dans un livre, avec amour,
Soigneusement je l'ai placée.

La fleur dort d'un sommeil profond ;
Sa corolle est pâle et rigide ;
Et les ans ont mis à mon front
    Plus d'une ride.

Mais mon cœur se souvient encor
Des jours bénis, des heures folles
Où je baisais ses boucles d'or
　　Sous les grands saules.

Et quand je revois chaque jour
　　Cette pensée,
Je sens comme un regain d'amour
Qui retient mon âme oppressée.

AU DELA

Quand tous deux nous serons couchés
Sous la tombe, muets comme elle,
Pauvres fous par la mort fauchés
Comme une herbe orgueilleuse et frêle ;

Les saisons poursuivront leur cours ;
La brise errante et vagabonde
Contera fleurette toujours
A tous les brins d'herbe du monde ;

Les fleurs auront leurs doux parfums ;
Les champs, leur fraîcheur printanière ;
Dans les bois, les elfes défunts
Reprendront leur splendeur première ;

Et les oiseaux, joyeux lurons,
Gais tapageurs aux notes sûres,
Siffleront des airs fanfarons
En croquant les cerises mûres.

*
* *

Quand tous deux nous serons couchés
Sous la tombe, muets comme elle,
Pauvres fous par la mort fauchés
Comme une herbe orgueilleuse et frêle ;

Si ton cœur aimé, triste et seul,
Aspire au ciel que Dieu nous donne,
Viens m'éveiller dans mon linceul
Et je te suivrai, ma mignonne.

VIEILLE CHANSON

Les fleurs n'ont qu'un printemps, le plaisir n'a qu'un jour...
PIERRE DUZÉA.

C'était le temps où l'on s'aimait,
Où le printemps partout semait
    Ses fleurs écloses,
Où nous dévalisions les prés,
Cherchant, sous les cieux empourprés,
    Les songes roses.

Souvent nous les avons atteints
Nos songes, ces diablotins
    Joyeux et frêles,
Qui, semblables aux papillons,
Pour voleter dans les sillons,
    Prennent des ailes.

Flatteurs charmants, causeurs hardis,
Ils nous parlaient du Paradis
        Où sont les anges,
Et nos désirs et nos chansons
S'envolaient comme des pinsons
        Ou des mésanges.

*
* *

Où sont-ils, les songes d'antan ?
Ainsi que les fils de Titan
        Touchant aux nues,
Près des étoiles nous passions,
Car de l'éther nous connaissions
        Les avenues.

Tout le ciel était dans nos cœurs.
Nous étions les amants vainqueurs
        Des deuils farouches,
Et le rire versait à flots
Le son joyeux de ses grelots
        Sur nos deux bouches.

Le soleil était notre ami ;
Nous allions avec lui parmi
        Les fleurs qu'il dore,
Et nous courions dans le verger
Pour une fraise à partager,
        Pour moins encore.

En ce temps, il ne nous fallait,
Mignonne, rien qu'un gobelet
        Pour boire aux sources.
Nous n'avions pas de tilburys
Pour faire, dans les bois fleuris,
        Nos longues courses.

Aussi, le soir, étions-nous las!
Mais pour cueillir d'autres lilas
        Et d'autres songes,
Nous partions dès le lendemain
Et nous égrenions en chemin
        Nos doux mensonges.

Comme tout change, cependant!
La blonde fille à l'œil ardent
        Devint duchesse ;
Et le gars dont je me souviens
S'accuse des péchés anciens
        Comme à confesse.

6.

MARIVAUDAGE

Si je vous offrais une rose,
Que diriez-vous, ma belle enfant ?
— Monsieur, grand' mère me défend
De rien accepter, et je n'ose...

Mais si je prenais un baiser
Sur votre gant, chère marquise ?
— Alors, ce serait par surprise,
Et je ne saurais refuser...

VIRILITÉS

LES PYGMÉES

J'ai plongé mes regards dans le lointain des âges.
Patriarches ! j'ai vu vos sublimes visages.
J'ai sondé vos désirs, conquérants exaltés !
Et dans le choc sanglant des fameuses batailles,
J'ai pesé votre armure et mesuré vos tailles,
O géants fabuleux que le Tasse a chantés !

Où sont nos espadons et nos lances pointues ?
De quels lourds gantelets se sont-elles vêtues,
Ces mains pour qui le glaive est un fardeau pesant ?
Où sont nos boucliers, nos brassards, nos cuirasses ?
Hélas ! les fiers aïeux, soldats des fortes races,
Doivent rire de nous, les soldats d'à présent.

Le sang rouge coulait dans leurs veines puissantes,
Sève abondante et riche, aux ardeurs bondissantes,
Qui semait sous la chair sa vermeille liqueur !
Mais nous, les jeunes gens que l'anémie enserre,
Que la pâle névrose étrangle dans sa serre,
Quel est le sang brûlé qui nous jaillit du cœur ?

Pour cueillir dignement les couleurs bien-aimées,
Les chevaliers hardis, aux justes renommées,
Sur leurs puissants coursiers acceptaient le tournoi.
Nous, race misérable, au vice condamnée,
Nous vidons sans dégoût la coupe empoisonnée ..
— Mais où donc êtes-vous, héros de Fontenoy ?

Tous sont morts. Les géants ont déserté la terre,
Et les nains dépravés, fils bâtards de Voltaire,
Ont pris la place vide à l'antique foyer.
Pour la lutte, il n'est plus besoin de pertuisanes ;
Avec des lingots d'or on prend les courtisanes,
Et pour l'or seulement on aime à guerroyer.

Que seront nos enfants ? Puisque tout dégénère,
Puisque tout se ravale à la taille ordinaire,
Puisque vers le néant descend l'humanité,
Nos fils, le teint blafard, pris de frissons horribles,
Hélés par la Folie aux atteintes terribles,
Devant elle auront tous la même égalité.

Enervés, assoiffés de voluptés charnelles,
Fixant dans l'incertain leurs fiévreuses prunelles,
Dévorés de désirs farouches et hardis,
Ils tendront leurs deux mains osseuses et crochues...
Mais, spectres décharnés et majestés déchues,
Ils tomberont vaincus, impuissants et maudits.

Leurs longs gémissements monteront jusqu'aux nues,
Et les tristes accents de leurs voix méconnues
Imploreront la manne ou la paix du tombeau.
Nul ne sera propice aux cris de ces fantômes...
A moins que le soleil, ce vieil ami des hommes,
Pris soudain de pitié, n'éteigne son flambeau !

STÉRILITÉ

Non ! tu n'auras jamais, être vil, femme indigne,
Malgré ton teint de jaspe et ta blancheur de cygne,
    Le clair regard de Niobé ;
Et tu ne pourras pas, nouvelle Cornélie,
Montrer aux ascendants de ta race avilie
    Ce bijou de chair : un bébé.

Tu n'entendras jamais cette voix faible et fraîche,
Douce comme la voix de Jésus dans sa crèche,
    Balbutier : papa, maman ;
Et sur ta bouche fade, avide du mensonge,
Tu ne sentiras pas son souffle, ainsi qu'un songe,
    Passer, subtil, frais et charmant.

Le mamelon rosé de tes mamelles vides
N'allaitera jamais ces deux lèvres avides,
   Source de baisers infinis ;
Et ton cœur, enivré de futiles chimères,
Ne connaîtra jamais la foi des jeunes mères,
   Ni la douce chanson des nids.

AUX COURTISANES

Au détour du chemin, la mort qui vous attend
Dissèquera vos chairs obscènes et glacées.
De quel poids pèseront vos débauches passées,
Et que vaudra ce cœur vide et non repentant ?

La faiblesse, l'oubli, le désir inconstant
Sont les tuteurs mortels qui guident nos pensées.
Mais qui justifiera vos impurs gynécées
Où la brute a vaincu l'esprit préexistant ?

A cette heure pesante où la section s'opère,
Où le froid de la tombe allonge sous la terre
Le lugubre profil de nos membres roidis,

S'il reste dans vos yeux une lueur factice,
Vous verrez se lever, dans les cieux agrandis,
Le sublime vengeur : l'éternelle Justice !

A SAPHO

J'avais mis à tes pieds mon cœur, ce cœur naïf
Qui ne connaissait pas le mensonge et la ruse.
L'amour capricieux ne peut rester oisif,
Et la jeunesse aveuglé était ma seule excuse.

Ce cœur vierge, ce cœur confiant et craintif,
Ce cœur faible et soumis, ce cœur qu'un rien abuse,
Tu l'as trahi sans honte, avili sans motif,
Et c'est lui qui s'insurge, et c'est lui qui t'accuse.

Je te l'avais donné ; tu l'a pris sans façon
Comme on prend dans l'eau claire au croc de l'hameçon
L'ablette vagabonde ou le goujon vorace.

Quand tu me l'as rendu, gémissant, affolé,
Le sang pur et vermeil s'en était écoulé
Et je n'ai plus trouvé que du fiel à la place.

MUSSET

Aimer ! voilà pourquoi, Musset, tu voulais vivre !
PAUL MANGIN.

Chaque siècle a ses dieux, ses doutes, ses symptômes,
Ses révolutions monstrueuses, — atomes,
Grains de sable perdus dans l'infini des temps, —
Et ses nervosités sublimes ou cyniques,
Chants subtils et divins ou rires sardoniques
Qui s'échappent des cœurs émus et palpitants.

Alexandre, César, Clovis et Charlemagne,
Condé, Napoléon, Guillaume d'Allemagne,
Tous ces aigles altiers dont le regard puissant
A la fauve lueur des éclairs et des lames,
Ont après eux, ainsi que des bourreaux infâmes,
Des relents surannés de cadavre et de sang.

Combien je t'aime mieux, ô toi, mon doux Virgile,
Et vous tous, troubadours et chantres de l'Idylle,
Qui marchez dans les fleurs d'un éternel été,
Et vous, rêveurs charmants, chansonniers et trouvères,
Qui cherchez un refrain dans le fond de vos verres,
Et qui toujours, du moins, y trouvez la gaîté.

Combien je t'aime mieux, toi, Musset, cher poète,
Qui couvrais de baisers quelque adorable tête
Et de larmes aussi, ce baume précieux ;
Toi qui connus le doute affreux et l'ironie,
Et qui marquas au front, du haut de ton génie,
Ton siècle, avec tes vers mordants ou gracieux.

*
* *

Toute fleur naît, vit et succombe ;
Tout homme marche vers la tombe
D'un pas inégal, mais certain.
La fleur que tourmente l'orage
Se flétrit et meurt avant l'âge,
A l'aube du premier matin.

De même l'homme que la lutte
Prend avec force, étreint, culbute
Et tient sous son genou puissant,
Se débat, s'insurge et résiste
Jusqu'à l'heure fatale et triste
Où la Mort près de lui descend.

Musset fut un de ces athlètes
Qui prit part à toutes les fêtes
De la déesse Volupté,
Et qui vida jusqu'à la lie
L'âpre coupe de la Folie,
Au son du grelot argenté.

Il a chanté Ninon la brune,
Ecrit sa ballade à la lune
Et célébré Mimi Pinson
Et cette ravissante chose :
« Sur trois marches de marbre rose »
Qui disent aussi leur chanson.

Mais le sceptique et l'incrédule
N'ont plus les doux chants de Tibulle
Ni la voix du sylvain moqueur,
Et Rolla, l'obscène et l'infâme,
Méprise l'amour et la femme,
Cette déesse et ce vainqueur !

L'amour ! ce divin badinage,
Ce coin du ciel d'où se dégage
La lueur du rêve enchanté !
La femme ! ce vase fragile
Qui contient dans sa faible argile
Le cœur, la forme et la beauté !

*
* *

Sous le saule où tu dors, Musset, l'ombre est si douce
Que, voyageur pensif, je viens m'y reposer.
Les amants, — beau garçon et fille blonde ou rousse, —
Effarent les oiseaux qui viennent y jaser.
J'aimerais dormir là, sans bruit et sans secousse,
La brise me donnant son rire et son baiser.

Est-ce ainsi que tu dors, Musset? Le sombre doute
A-t-il fui pour jamais ton cœur et ta raison ?
Comme le grand saint Paul, as-tu trouvé ta route
Et revu le soleil qui dore l'horizon ?
Le sang du Golgotha coule encor goutte à goutte ;
Le Christ console mieux que Lisette ou Suzon.

La matière est rampante ainsi qu'un ver de terre
Et l'azur lumineux est pour elle fermé.
L'esprit seul a le droit de sonder le mystère
Que le Maître éternel dans notre être a formé.
L'amour est immortel, et Jean-Jacque et Voltaire
Ne l'ont jamais compris et n'ont jamais aimé.

Mais toi, fils adoré de la Muse profane,
Toi, Musset, doux rêveur, poète vénéré,
Qui t'endormis, pareil à la fleur qui se fane.
Avant que son parfum se soit évaporé,
Dors en paix. L'amoureux vaut bien la courtisane :
Un jour, ainsi que toi, Madeleine a pleuré.

PARIS

C'est la ville sublime et c'est la ville infâme :
C'est l'éternel sommet, la divine oriflamme
Qui brille sur le monde attentif et debout.
C'est l'immortel creuset où l'or se purifie,
C'est le soleil qui luit, qui crée et vivifie ;
Mais c'est aussi l'opprobre et c'est aussi l'égout.

Paris ! nom flamboyant, nom magique et superbe,
Nom qui s'épanouit à l'œil comme une gerbe
De blé mûr, dont les grains, rebondis et dorés,
Ont des ruissellements d'or fauve et de lumière,
Et qui jettent au jour, dans leur splendeur première,
    De blonds rayons démesurés.

Paris ! nom fulgurant où se nourrit mon rêve,
Nom glorieux et fier qui reluit comme un glaive
Et qui scintille au loin comme un sceptre de feu ;
Nom radieux écrit sur tous les points du globe :
Grand nom qui resplendit de l'aube jusqu'à l'aube,
Et que je lis parfois tout au fond du ciel bleu.

Paris ! titan fécond qui jamais ne repose,
Qui, près de l'imposant, jette le grandiose,
Qui s'élève du beau jusqu'au vaste idéal ;
Fauve aux crins rutilants, à la griffe profonde,
Dont le souffle puissant fait pleuvoir sur le monde
    Toutes les fleurs de Floréal.

Paris ! ville d'humour, d'ivresse et d'ironie ;
Ville géante où l'art, l'intrigue et le génie
Ont leurs sectes, leurs lois, leurs prêtres et leurs dieux ;
Où l'esprit, cet esprit français fait d'étincelles,
A des soupirs de brise ou des bonds de gazelles,
Ou des rires d'enfant, frais et mélodieux.

Paris ! ville orgueilleuse, obscène et misérable,
Où le vice sordide et la lèpre incurable
S'étalent, impudents et moqueurs en tout lieu ;
Où l'homme, ce ciron fait d'un peu de poussière,
Cet atome cynique, à face grimacière,
  Se pose en lutteur contre Dieu !

* *
 *

Ce n'est pas ce Paris que j'aime et que j'admire :
  L'impiété n'est pas ma loi.
Devant Dieu seul, je brûle et l'encens et la myrrhe,
  Et c'est Dieu seul en qui j'ai foi.

Ce n'est pas ce Paris impie et sacrilège
Que je porte au pavois et que j'exalte ici ;
Mais ce Paris vaillant et fier qui, pour cortège,
A l'honneur, le travail et la science aussi.

Ce Paris, dont les mains savent donner l'aumône,
  Dont le cœur, souvent convié,
S'ouvre aux déshérités et qui n'exclut personne
  De son or et de sa pitié ;

Ce Paris généreux qui toujours s'associe
Aux désastres sans nom, grands et mystérieux.
— Casamicciola se souvient, et Murcie
Sourit, malgré les pleurs qui tombent de ses yeux

*
*   *

Du monde génial, capitale absolue,
Géant superbe et fier, Paris ! je te salue
Et j'incline mon front devant ton front vermeil.
Je ne saurais chanter ta splendeur homérique,
Et pourtant, dans les bois profonds de l'Amérique,
L'oiseau-mouche a des chants pour fêter le soleil.

Mais le souffle puissant de la grande épopée
Dont le rythme a l'éclat du tranchant de l'épée,
Pour ma faible poitrine est un trop lourd fardeau,
Et je ne puis citer, au hasard de l'histoire,
Les noms de tes héros qui vivent dans leur gloire
Ou qui dorment, grandis par la nuit du tombeau.

De Ronsart à Musset, de Corneille à Coppée,
La route du grand Art, dignement occupée,
Comme un sillon s'allonge et s'ouvre devant nous.
Qui pourrait mieux que toi, chantre des *Harmonies*,
Faire naître en nos cœurs ces clartés infinies
Qui, devant le Dieu saint, nous courbent à genoux ?

Il est un autre nom qui me charme et m'attire :
Un nom resplendissant que chacun sait redire
Et qui, dans l'univers, fait tressaillir l'écho ;
Un grand nom qui reluit comme un éclair de flamme,
Un nom prédestiné, nom que la France acclame,
Et ce nom, c'est le tien, ô mon maître, ô Hugo !

Mieux que nos anciens preux, vaillants et magnanimes,
Mieux que nos rois défunts, ces paladins sublimes
Qui volaient aux combats, dès l'enfance aguerris,
Tu parais, le front haut, ceint de tes seize lustres,
Et sacré le plus grand parmi les plus illustres,
Ainsi qu'un souverain, tu règnes sur Paris.

Allemands, vous avez vos canons — ces colosses
Mangeurs de fer, dont l'âme évidée a besoin
De sang vif pour calmer ses appétits féroces, —
Ces carnassiers bruyants et lourds, tuant de loin...

Vous avez vos uhlans de six pieds, — de beaux hommes
Qui marchent sous le fouet, sans révolte et sans cris ;
Vous avez, en écus sonnants, de fortes sommes...
        — Nous, Français, nous avons Paris.

1884.

VICTOR HUGO

Il est avec Homère, avec Shakespeare et Dante,
Tous les chantres divins à la parole ardente,
Aux vers mélodieux ;
Dans le monde idéal des splendeurs infinies,
Il a repris sa place auprès des grands génies,
Auprès des demi-dieux.

G. LEPRÉVOST.

Celui qui fut le Père et le Penseur sublime,
Par tous aimé, par tous béni ;
Celui dont le front vaste interrogeait l'abîme,
Le gouffre, le chaos, le zénith, l'infini ;

Celui qui se plongeait dans les splendeurs du rêve,
Par delà les cieux flamboyants ;
Celui qui demandait à l'astre qui se lève
Le secret du mystère et la foi des voyants ;

Celui dont le nom seul est une gloire acquise
    Au livre d'or des grands humains,
Et dont l'œuvre immortelle a la fraîcheur exquise
Que les brises de mai sèment sur les chemins ;

Celui dont l'âpre voix savait les chants d'Homère,
    Et dont le rythme souverain
Berçait les songes bleus de la douce chimère
Sur la cithare d'or ou la lyre d'airain ;

Celui-là qui fut grand comme un dieu, dans la tombe
    Dort à jamais son lourd sommeil,
Et, sur son front pâli, la céleste colombe
Met le baiser d'amour et le laurier vermeil.

*
* *

Soldats ! que la trompette sonne !
Que les tambours battent aux champs !
L'immense foule qui frissonne
A des pleurs et n'a plus de chants.
Quoiqu'il n'ait ni sceptre, ni trône,
Ni fiefs, ni vassaux, ni couronne,
Ni faucons, ni blanc palefroi,
Ni le sabre ou la froide épée
Dont la lame est de sang trempée,
Celui qui passe est vraiment roi !

Je m'incline devant ta cendre,
Maître ! les élus glorieux
Dans l'oubli ne peuvent descendre
Comme nos fils et nos aïeux.
Quand la mort ferme leur paupière
Et que le froid linceul de pierre
A broyé leur chair dans la nuit,
Leur mémoire reste éternelle,
Et leur marche ascensionnelle
Toujours s'élève et se poursuit.

Ce siècle a deux apothéoses :
Victor Hugo, Napoléon !
Et ces colosses grandioses
Ont eu chacun leur Panthéon.
Quand l'un s'endort, l'autre s'éveille ;
La lyre succède à l'abeille ;
La Muse chante Marengo.
La France tressaille, et l'Histoire
Unit ces deux noms faits de gloire :
Napoléon ! Victor Hugo !

Mai 1885.

JEANNE D'ARC

A sa vue, à son geste, à sa voix, la Patrie
Que l'ennemi tenait à la gorge, meurtrie,
Se redresse d'un bond ;
Et devant sa figure, ardente dans la poudre,
Mille Anglais sont tombés, morts, comme si la foudre
Les eût frappés au front !

CAMILLE QUEUDOT.

S'il est un nom béni parmi tous ceux que j'aime,
Un nom cher à mon cœur chrétien,
S'il est un nom sacré, s'il est un cher poème,
O douce Jeanne, c'est le tien !

En ce temps, les Anglais avaient fait un beau rêve.
   Par la famine et par le glaive,
   Ils semaient la mort dans nos rangs.
Après Evreux, Rouen avait mis bas les armes ;
Les femmes à genoux versaient toutes leurs larmes ;
Les vieillards s'en allaient affamés et pleurants.

Que vas-tu devenir, malheureuse Patrie,
   France, qu'avec idolatrie
   Je vénère du fond du cœur ?
Que vas-tu devenir puisque Orléans chancelle,
Puisque vers toi du Nord l'orage s'amoncelle,
Et que le sol normand appartient au vainqueur ?

*
* *

N'ayons nul souci, nulle crainte ;
Une enfant sublime, une sainte,
Quittant le bourg de Domrémy,
Accourt, par le ciel envoyée,
Et, la bannière déployée,
Elle fait face à l'ennemi.

La voyez-vous, superbe et fière,
Pour toute arme ayant la prière,
Pour tout soutien ayant la foi,

S'avancer seule sur la route ?
Elle ne connaît pas le doute ;
Elle ignore ce qu'est l'effroi.

De son noir coursier qui salive,
Elle contient l'allure vive
Et, l'œil clair sous le teint rosé,
Elle vient, guerrière intrépide,
Et plante sur la terre humide
Son étendard fleurdelisé.

Mais déjà l'Anglais invincible,
Devant cette lutte inpossible
Se dérobe et fuit le combat,
Tandis que Jeanne électrisée
Conduit sa troupe organisée
Aux bastilles où l'on se bat.

La victoire toujours rebelle
Sur nos guerriers ouvre son aile
Et plane sur le sol français ;
Bien haut flottent les oriflammes,
Et l'espoir renaît dans les âmes
Qui ne croyaient plus au succès.

O Jeanne d'Arc ! Vierge et martyre,
Si je te chante et je t'admire,
C'est que ton nom victorieux,

Gage de suprême espérance,
Symbolise la délivrance
Qui nous fit grands et glorieux.

Si jamais — ce qu'à Dieu ne plaise, —
De nouveau la terre française
Subissait le joug étranger,
O Jeanne ! sensible à l'injure,
Ceins l'épée, endosse l'armure
Et lève-toi pour nous venger.

CHANZY

Tout à coup, dans cette nuit sombre,
Lorsque tout paraissait perdu.
On vit Chanzy sortir de l'ombre,
Comme un sauveur inattendu.
                    AMABLE DUBRAC.

D'aucuns disaient : « Pourquoi lutter quand tout s'effondre ?
Aux assauts du vainqueur nous ne pouvons répondre ;
A quoi bon résister ? La neige des chemins
Disparaît en entier sous les débris humains,
Et les sombres corbeaux ont assez de besogne.
Les Prussiens ont conquis la Brie et la Bourgogne
Et leurs lourds bataillons sont massés sous Paris.
Rendons-nous donc, Messieurs, car nous savons le prix
De ces fins de combat qui s'achèvent dans l'ombre
Où la valeur, hélas ! n'est rien contre le nombre. »

Mais d'autres, plus hardis, et qui gardaient au cœur,
Malgré le sang versé, ce doux espoir vainqueur
Et ce tressaillement qui font le patriote,
S'en allaient en prêchant la guerre, l'âme haute.
Ceux-là, sensés ou fous, du moins avaient la foi.
Ils pensaient qu'Austerlitz valait bien Fontenoy,
Et que toute la gloire amassée en Crimée
Ne pouvait pas ainsi s'échapper en fumée.
Ils rêvaient de chasser les Allemands maudits,
Ces féroces pillards, ces traîtres, ces bandits
Qui traînaient dans le sang la morgue de leur race
Et qui n'avaient pour eux ni l'entrain ni l'audace.

Mais que le rêve est loin de la réalité !

Chanzy se convainquit de cette vérité.
Et pourtant, général d'une armée en déroute,
Il eut toujours l'espoir pour compagnon de route,
L'Espoir, cet hôte aimé qu'il bénissait tout bas,
L'Espoir, ce doux vainqueur de ses futurs combats !
Vaillant comme les preux dont la Fable nous conte
Les hauts faits, il n'est pas de péril qu'il n'affronte.
Il pousse l'offensive au delà du besoin.
Il n'a qu'un seul regret : ne pas aller plus loin
Dans la mêlée horrible où la lutte homicide
Devient l'assassinat ou bien le suicide.

Mais quand, lassés, perclus, harassés, se mourant,
Ses soldats dispersés se traînent en pleurant,
N'ayant plus dans le cœur qu'une terreur secrète,
Comme il sait dignement soutenir la retraite !

Comme il sait rallier ces jeunes bataillons,
Ramener ces guerriers de vingt ans, en haillons,
Qui fuyaient sous le plomb, n'ayant plus d'espérance,
Et qui meurent si bien maintenant pour la France.

Voici vingt ans déjà que Paris fut vaincu.
Nous avons depuis lors, je crois, assez vécu
Pour savoir quel refrain plus ou moins ironique
Chante au lion français la louve germanique !

Confiants, sûrs de nous, fiers comme nos aïeux,
Vers le Rhin allemand ayant fixé nos yeux,
Nous restons en éveil, le poing près de la hanche,
L'arme au pied et le cœur grandi pour la revanche.

Quand l'ennemi viendra chercher d'autres rançons,
Nos gars, nos rudes gars, quitteront les moissons
Ou les champs sablonneux que la herse soulève,
Pour le canon, pour le fusil ou pour le glaive.

Hélas ! nous n'avons plus ni Bayard, ni Chanzy,
Mais nous aurons Celui par le destin choisi
Qui sonnera la charge aux portes de l'Alsace...
Et celui-là sera l'orgueil de notre race.

1890.

8

A   SARAH

Au bagne, sur l'épaule on marque le forçat
Qui, sous l'affront sanglant, ne pleure ni ne bouge.
Toi, marquise d'emprunt, sans fief ni marquisat,
C'est sur ton cœur pervers que je mets le fer rouge.

Le forçat se soumet au châtiment cruel.
Mais toi dont la hideur morale est le partage,
Tu bois sans haut-le-cœur l'opprobre habituel
Et tu lèves le front chaque jour davantage.

Courtisane superbe, où donc veux-tu monter ?
Où donc s'arrêtera ton orgueilleuse ivresse ?
L'amour pur et sublime a-t-il pu te tenter,
Toi qui pour le charnier réservais ta caresse ?

Non ! sur ton corps lubrique et fier, je te permets
D'étaler la lourdeur de tes chaînes massives.
Accroche à tes chapeaux des fleurs et des plumets
Et sois reine au milieu de tes fêtes lascives.

Mais, pour Dieu ! ne viens pas faire du sentiment
Et prêcher la vertu des yeux et de la langue.
Sous des climats moins doux, la drôlesse qui ment
S'agenouille et subit la peine de la cangue.

Ici, nous n'avons pas les mêmes procédés.
Nous méprisons parfois la craintive innocence
Et nous gardons nos airs suppliants ou guindés
Pour vous, pâles Circés qu'on choie et qu'on encense.

Nous sommes assez vils pour mettre chapeau bas
Devant vos sans-façons d'artiste ou de cosaque ;
Et, viveurs généreux, nous ne défendons pas
Que jusqu'à nos gros sous votre impudeur s'attaque.

Vous avez les grands yeux et le bec du hibou
Pour happer lestement et fasciner de même.
Comme de vieux grognards vous campez n'importe où
Et peu vous chault qu'on vous haïsse ou qu'on vous aime.

L'important, c'est d'avoir l'estomac toujours plein,
Le mollet rebondi sous le long bas de soie,
De savoir à propos prendre l'air patelin
Et de soigneusement cacher la patte d'oie.

Si la lèvre est fanée, on l'enduit de carmin.
On se lustre, on se peint comme une vile estampe.
Le derme perd l'aspect d'un rêche parchemin
Et le grain de beauté s'applique sur la tempe.

Ainsi faites, l'œil vif, vous marchez au combat.
Mais que le badigeon se détache ou s'écaille,
Fugaces majestés, vous quittez le sabbat
Et vous fuyez sans bruit en rasant la muraille.

Cet accident fâcheux n'éteint pas votre orgueil.
Après tout, ce n'est là qu'une piètre aventure,
Et vraiment, pour si peu, l'on ne prend pas le deuil ;
— Mais on prend seulement une once de peinture.

Une couche suffit pour réparer le mal.
C'est, ma foi ! de ce pas, se tirer à bon compte.
Mais combien faudrait-il d'eau forte et de chloral,
O femmes sans pudeur ! pour laver votre honte ?

HIC JACET

Beauté, jeunesse, amour, passent comme des fleurs
VICTOR COUDRIER.

Bouche fraîche et mignonne aux contours sinueux,
Lèvres rouges, sans fard, que le sourire allonge,
Chair plus douce au toucher que le velours soyeux,
Faite pour le baiser et non pour le mensonge ;

Beaux yeux gris, noirs ou bleus, pleins de ce feu divin
Auquel va se brûler mon cœur, triste phalène ;
Prunelles sans pitié qui se cachent en vain
Sous la paupière épaisse aux tons de porcelaine ;

8.

Mains blanches aux longs doigts satinés et polis,
Où les ongles rosés, sertis dans la chair vive,
Ont des teintes d'opale et des reflets pâlis
Comme les rejetons d'une fleur maladive ;

Cheveux noirs, cheveux blonds, cheveux châtains et lourds
Dont se revêt le corps immodeste ou pudique,
Boucles au doux parfum, torsades de velours,
Rutilante toison ou soyeuse tunique ;

Fossettes, nids charmants où se clôt le baiser,
Petit creux du menton, cavité de la joue
Où le rire éclatant aime à se reposer,
Où le poil folichon se tapit et se joue ;

Seins frileux que la main caresse doucement,
Que la veine bleuit, que la batiste effleure ;
Mamelons où la lèvre avide de l'amant
Se délecte, où s'endort le doux bébé qui pleure ;

Pieds mignons tout pétris de neigeuses blancheurs,
Dignes d'appartenir à la Diane antique ;
Peau souple, corps superbe aux exquises fraîcheurs ;
Virginale beauté, floraison magnifique ;

Que serez-vous demain, quand la nuit du tombeau
Vous aura recouverts des ombres éternelles ?
Que serez-vous, chair vive et saine, corps si beau,
Seins frileux, pieds mignons, et vous, douces prunelles ?

Que serez-vous quand l'âme, immortelle splendeur,
Avide de sonder les astres et les nues,
Aura franchi des cieux la vaste profondeur
Et conquis pour jamais les sphères inconnues ?

La Mort, de son index livide et décharné,
Aura tracé déjà le rictus sur la bouche,
Et le ferment impur après vous acharné,
Sur la face bouffie injectera l'œil louche.

Et l'éternel sommeil qui tient les trépassés
Dans l'immobilité rigide et sépulcrale,
Laissera sur vos traits roidis et convulsés
Le sourire ou l'effroi de votre dernier râle.

LA FIN DU LIVRE

Ah ! la vido es causo vano :
Es un rai dins noste cèu !
La vido es coume un aucèu
Que parèis, fuso e s'esvano !..
J. Monné.

TRADUCTION
Ah ! la vie est chose vaine :
C'est un rayon dans notre ciel !
La vie est comme un oiseau
Qui parait, glisse et s'éclipse...

Dans le champ du repos, la tranchée est étroite ;
— La place est mesurée aux cadavres humains ! —
Et le sillon creusé s'allonge en ligne droite.

Fossoyeurs, à l'ouvrage, et crachez dans vos mains !
Que la pioche en sifflant frappe le sol rigide
Et, pour les arrivants, trace d'autres chemins !

Que l'âpre coin de fer fasse la terre vide :
Sans relâche, frappez ! Chacun de vos efforts
Met sur vos fronts penchés une nouvelle ride.

Faites la place égale aux nains ainsi qu'aux forts ;
A tous, petits ou grands, donnez la même couche,
Et qu'ils dorment en paix du grand sommeil des morts !

Qu'ils dorment, ces bébés à la mignonne bouche,
Dont le rire joyeux s'est éteint pour toujours
Et dont le clair regard s'est fixé, sombre et louche ;

Qu'ils dorment, ces vieillards au déclin de leurs jours,
Chênes géants et fiers, au front blanchi par l'âge,
Et dont l'arrêt fatal est signé sans recours !

Et vous, chastes enfants, vierges au doux visage,
Blonds épis moissonnés dans la fleur de vos ans,
Arbustes émondés, sans sève et sans feuillage,

Dormez dans vos cercueils aux couvercles pesants !

* *
*

C'est là que nous viendrons, quand sonnera notre heure.
C'est là que notre orgueil superbe et criminel
Fixera pour jamais sa lugubre demeure.

Mais l'esprit, cette flamme au reflet éternel,
Ce papillon épris des clartés sidérales,
Libre enfin, s'enfuira loin du contact charnel.

Alors, les cieux profonds, les splendeurs idéales,
Les soleils fulgurants qui peuplent l'infini,
Offriront un refuge à nos soifs colossales.

Avides de franchir l'Univers défini,
Sans que rien nous écrase et que rien nous surprenne,
Nous irons jusqu'à Dieu, ce Dieu par tous béni,

Et nous aurons la paix immuable et sereine.

�# ✼✼✼✼✼✼✼✼✼✼✼✼✼✼✼✼✼✼✼✼✼✼✼

TABLE

Imprimerie Lucien DUC, aux Lilas, (Seine)

ACADÉMIE

DES LETTRES, SCIENCES & BEAUX-ARTS DE LA PROVINCE

FONDÉE EN 1879

DIRECTEUR-FONDATEUR : LUCIEN DUC (✸)

COMITÉ PARISIEN

Antonius ADAM (✸)   Georges BOURET (✸)
Gaston D'HAILLY   A. Laurent de FAGET
Vincent D'INDY   Ernest LANGLOIS (✸)
Louis DIGEON (✸)   Augustin NICOT (✸)

COMITÉS DE LYON ET DE PROVENCE

Maurice VASCHALDE — Pierre DUZÉA
Charles BISTAGNE — Jules DAVEIGNO — Jean MONNÉ
Madame Antonie JAUFFRET
Paul ALBERT — V. DUCLOS — Paul MANGIN

DÉLÉGUÉ GÉNÉRAL : Docteur Amable DUBRAC (✸)
DÉLÉGUÉS A L'ÉTRANGER : G. LEPRÉVOST (✸) & L. VOSSION (I. ✸)

Cotisation : 12 francs par an
à envoyer à M. Lucien Duc, 11, rue Chassagnolle, aux Lilas
avec ses titres littéraires.